Mark Sarg

Die private Leiche

AF523264

Mark Sarg

Die private Leiche

Bizarre Kurzgeschichten

Goldene Rakete Verlag für Belletristik

Imprint
Any brand names and product names mentioned in this book are subject to trademark, brand or patent protection and are trademarks or registered trademarks of their respective holders. The use of brand names, product names, common names, trade names, product descriptions etc. even without a particular marking in this work is in no way to be construed to mean that such names may be regarded as unrestricted in respect of trademark and brand protection legislation and could thus be used by anyone.

Cover image: www.ingimage.com

Publisher:
Goldene Rakete Verlag für Belletristik
is a trademark of
International Book Market Service Ltd., member of OmniScriptum Publishing Group
17 Meldrum Street, Beau Bassin 71504, Mauritius

Printed at: see last page
ISBN: 978-620-2-44557-3

Copyright © Mark Sarg
Copyright © 2019 International Book Market Service Ltd., member of OmniScriptum Publishing Group

INHALTSVERZEICHNIS

DIE CHARMANTEN TEUFEL

Zwei charmante Teufel halfen Lady Gladys Knutschjack beim Einkauf. Gerührt lud sie sie hernach zum Tee. „Ich hätte nie gedacht, dass Teufel ***so*** charmant sein können! Ich bedaure Ihren Abschied unendlich!“, versicherte sie den beiden, als sie aufbrachen.

Da holten sie ihr rasch einen Besen aus der Küche, ernannten sie feierlich zur Hexe – und jauchzend und kichernd ritt sie mit ihnen davon.

DER UNGNÄDIGE PAPST

Papst Glühsack X. ließ es zwar gnädigerweise geschehen, dass ihm bei den Audienzen wirklich jedermann die Hand küsste – denn er besaß nur ***eine*** und war daher entsprechend stolz auf sie.

Doch als ihm ein reuiger Sünder einmal ganz unterwürfig den ***Fuß*** küssen wollte – gab er ihm höchst ungnädig eine Ohrfeige und exkommunizierte ihn.

Denn er hatte schon lange keinen mehr.

DAS IDEALE GESCHÖPF

Ein Geschöpf gilt schlechthin als ***ideal*** in Kennerkreisen – sodass man es gar nicht einmal nennen darf, um die Gefahr der Nachahmung zu limitieren …

DAS ÜBERFLÜSSIGE GESCHÖPF

Ein Geschöpf war so überflüssig, dass selbst die Frage, ***wer*** damit wohl gemeint sei, absolut überflüssig erscheint ...

„VERGESSEN SIE MICH!“

„Vergessen Sie mich unter allen Umständen sofort wieder, mein Wertester. Etwas anderes kann ich Ihnen beim besten Willen nicht empfehlen!“ Gewohnt autoritätsgläubig gehorchte Colonel Bacon Krautpudel widerspruchslos und respektvoll dem Rate des geheimnisvollen Edelmannes nach einer überaus erhebenden Begegnung nachts im Park.

Und ärgert sich noch heute darüber – weil er sich ***zu*** gerne seiner erinnern würde und es nun nicht mehr kann.

„VERGESSEN SIE MICH NICHT!"

„Und vergessen Sie mich ***bloß*** nicht, denn ich komme wieder!" Ihrer höchst überflüssigen Ermahnung gemäß fand sich Oberstudienrätin Elster Fleischhirn bald darauf erneut ungebeten bei der so missliebigen Nachbarin Heidrun Brausekopf ein.

Und damit die beiden einander wenigstens **irgendwann** vielleicht doch noch vergessen konnten, sahen sie keinen anderen Ausweg mehr, als sich gegenseitig zu erwürgen.

Worauf sie prompt im nächsten Leben als ***Ehepaar*** endeten!

„VERGESSEN SIE SICH!“

„Vergessen Sie sich völlig und tun Sie einfach so, als wären Sie gar nicht auf der Welt!“ Die Lektüre des „Weges zur vollendeten Bescheidenheit“ von Penelope Rübenzucker erwies sich als wahrer Glücksfall für Sir Dudley Greenzwirn.

Denn er folgte akribisch und bedingungslos den darin aufgestellten Regeln, stellte darüber hinaus all seine Verpflichtungen und Tätigkeiten ein – und vergaß als „Fleißaufgabe“ sogar die Nahrungszufuhr, sodass er bald wirklich nicht mehr auf Erden weilte.

Da hatte er als Dreingabe auch noch die vollendete ***Seligkeit*** hinzugewonnen.

„VERGESSEN SIE SICH NICHT!“

„Vergessen Sie sich nicht, auf dass man ***Sie*** nicht eines Tages ***auch*** vergisst!“

Auf den Diktator Calvinus Papstkind trifft dies leider ganz und gar nicht zu. Denn er vergaß sich ***unentwegt***, indem er immer neue Gräueltaten anordnete oder verübte – und ist seinem Volke gerade dadurch bis heute ***un***vergessen.

Hieraus ist unschwer zu ersehen, was man von solchen und ähnlichen „Bibelsprüchen“ halten kann ...

DAS ENTRÜSTETE GESCHÖPF (2)

Ein Geschöpf entrüstete sich über alles und jedes – nur nicht über sich selbst und Gott.

Denn natürlich war es Papst.

DAS BEHÖRDLICH EMFOHLENE GESCHÖPF

Ein Geschöpf wurde so beharrlich und mit ***Nachdruck*** von den staatlichen wie kirchlichen Autoritäten gleichermaßen empfohlen – dass jedermann bald einen Abgesandten des ***Teufels*** in ihm sah und schon bei bloßer Nennung seines Namens mit Grausen das Weite suchte.

So leicht können Empfehlungen der Obrigkeit missverstanden werden …

DIE KLETTERTHERAPIE

Um die Hürden des Lebens ein wenig besser bewältigen zu können, unterzog sich Prof. Radames Knochenzipf einer staatlich geförderten Klettertherapie in den Alpen – wobei er prompt abstürzte.

„Vermutlich ohnehin der einfachere Weg!“, resümierte er drüben voller Gleichmut.

Ganz so, als ob nicht sein ***nächstes*** Erdendasein schon bald ins Haus stünde ...

DIE GESUNDE LEICHE ODER

DAS TODSICHERE REZEPT

Signora Prudenzia Brautmichl selig erfreute sich solch ***strotzender*** Gesundheit, dass sie überhaupt nie einen Arzt benötigte. Während ihre Kolleginnen über Migräne und diverse andere Verfallswehwehchen klagten, sah ***sie***, ringsum beneidet, stets aus wie der blühende Tod.

Da Leichen bekanntlich gerne schnattern, sprach sich dies auch unter den Friedhofsbesuchern herum – und bald pilgerten die Leute zu ihr, um sie nach ihrem Rezept zu fragen.

„Ganz einfach“, erklärte sie jedem, „Ich ***genieße*** meinen gegenwärtigen Zustand ***völlig***. Indes meine Kumpaninnen – und ***andere*** Zeitgenossen vor allem – sich ständig um die Zukunft bangen, mache ***ich*** mir nicht die ***geringsten*** Sorgen!“

Von da ab häuften sich die Selbstmorde in der Stadt rapide.

DAS BRAUCHBARE GESCHÖPF

Ein durchaus brauchbares Geschöpf gab seinen Geist auf.

Nun war es leider (hier auf Erden wenigstens) gänzlich ***un***brauchbar!

DAS UNBRAUCHBARE GESCHÖPF

Dreimal darf der teure Leser raten, ***wer*** da wohl ausschließlich gemeint sein kann ...

DAS ÜBERFÄLLIGE KONKORDAT

Unangemeldet erschien Papst Schnarchsack X. zu später Stunde in den Privatgemächern von Staatspräsident Alfonso Himmelgfrast und offenbarte ihm sein nacktes Hinterteil.

Überwältigt von so viel kirchlicher Ehre revanchierte sich dieser mit seinem nackten Vorderteil – und war nun endlich auch bereit, das längst überfällige ***Konkordat*** mit dem Vatikane abzuschließen. Und zur Besiegelung den Allerwertesten des Allerheiligsten mit ganz **besonderer** Inbrunst zu küssen.

Verständlich, dass der Vertrag noch heute gültig ist.

DAS INTERNATIONALE GESCHÖPF

Ein nationales Geschöpf trieb es so bunt, dass man es aus dem Lande warf.

Seither ist es ***inter***national.

DIE TROTZIGE LEICHE

Schon zu Lebzeiten viel gescholten für ihren unbeugsamen Trotz, blieb Miss Nessy Strampelmax diesem erst recht natürlich im Tode treu:

„Ich wollte weiß Gott nie ***werden,*** was ich nun bin; doch jetzt ***bleibe*** ich es auch – bis zur nächsten Geburt!“

DAS REPARIERTE GESCHÖPF

Ein repariertes Geschöpf fiel auf den Boden und zerbrach in 1 000 Teile.

„Das hat man nun davon, wenn man sich reparieren lässst!“, stellte es ernüchtert fest. „Jetzt ***bleibe*** ich einfach wie ich bin!“

Und zu seinem allergrößten Erstaunen kam es so weit ***besser*** zurecht.

DAS WUPPERTALER GESCHÖPF

Ein Wuppertaler Geschöpf fühlte sich durchaus wohl in seiner Haut. Darum mangelte es ihm an jeglichem Verständnis, dass man ihm diese, wenn auch gottlob erst nach dem Tode, einfach abzog, um sie schnöde zu vermarkten.

Es besiegelte daher in aller Form, sich – wenn ***überhaupt*** nochmals als Kaninchen – ganz gewiss nicht mehr in ***Wuppertal*** zu inkarnieren!

DIE BALLBEKANNTSCHAFT

Beim Tanze auf einer Pariser Redoute lernte eine chinesische Leiche eine russische kennen.

Die beiden verliebten sich ineinander, heirateten unverzüglich – und arbeiten seither als perfekt getarnte Spione für den japanischen Geheimdienst.

DIE ALBERNE LEICHE

„Wäre ich bloß nicht gestorben, dann könnte ich jetzt noch leben!“, lamentierte, sehr zum Verdrusse ihrer Gefährtinnen, eine alberne Leiche ständig.

„Und wäre ich nicht geboren worden, hätte ich mir ***überhaupt*** alles erspart!“

So albern war sie eigentlich gar nicht ...

DAS KLUGE GESCHÖPF

Ein kluges Geschöpf hatte auf alles und jedes eine Antwort parat.

Und als es gestorben war, triumphierte es: „Nun weiß ich sogar, wie ***das*** abläuft!“

DER PAPST ALS HIRNGESPINST

Jemand, der sich allen Ernstes – und trotz **erschreckenden** physischen wie psychischen Zustandes – als Vertreter ***Gottes*** aufspiele, und dazu auch noch durch die behauptete Unfehlbarkeit seines Amtes die zahllosen abscheulichen Verbrechen seiner Vorgänger leugne oder verkläre, könne ja wohl eigentlich nur das ***Hirngespinst*** einer durch und durch kranken und verrotteten Gesellschaft sein, erklärte der umstrittene Religionsphilosoph Prof. Goliath Tafelspitz in einem viel beachteten Vortrag über die katholische Kirche und deren liebliches Oberhaupt.

Doch wie überaus ***real*** dieses freilich unbegreiflicherweise war, musste er schon am nächsten Tage erfahren – als er lichterloh auf dem Scheiterhaufen brannte.

Immerhin wenigstens wurde er drüben dann mit allen erdenklichen Ehren empfangen – und von einem ***wahren*** Stellvertreter des Allmächtigen mit einem Verdienstkreuz der Extraklasse versehen.

DAS UNEHRENHAFTE GESCHÖPF

Ein unehrenhaftes Geschöpf, das jede Menge Opfer auf dem Gewissen hatte, wurde dessen ungeachtet in allen ***Ehren*** beigesetzt, nachdem es auf dem Schlachtfelde „im Dienste des Vaterlandes“ umgekommen war.

Und Jahre später wurde es auch noch ***heilig***gesprochen dafür!

DAS BIOLOGISCHE GESCHÖPF

Ein biologisches Geschöpf wusste beim besten Willen nicht, ***wen*** es heiraten sollte – weil es in jedermann nur seinen Bruder oder seine Schwester sah.

Und als es sich in logischer Konsequenz ***selber*** ehelichen wollte, merkte es zu seiner nicht gelinden Überraschung, dass es bereits mit sich vereint ***war***!

Da trennte es sich rasch wieder von sich – um doch lieber jemand anderen zu heiraten.

Was es prompt zu bereuen hatte!

DAS PROBIOTISCHE GESCHÖPF

Ein probiotisches Geschöpf wusste selber nicht, was es eigentlich war – und erhängte sich schließlich aus schierer Frustration.

Erst danach erkannte es mit großer Bestürzung, wie überaus ***nützlich*** es doch hätte sein können – und ***fieberte*** nun seiner neuerlichen Geburt reumütig entgegen.

Wenn auch natürlich unter einem anderen Namen.

DIE KRAUTFLEISCHS ODER

DER DOPPELSELBSTMORD IN DER HOCHZEITSNACHT

Außer sich über die vermeintliche ***Schande***, die ihr durch die Defloration – ohne Vorwarnung – widerfuhr und von der sie als strenge Katholikin natürlich nichts geahnt hatte, rannte Mrs. Elena Krautfleisch aus dem Hochzeitsbett zur noch gedeckten Festtafel in den Salon und rammte sich ekstatisch, doch mit Büßermiene ein Tranchiermesser in den Leib.

Aus tiefem Gram und Reue, sie über die bevorstehende Untat nicht belehrt zu haben, folgte Mr. Humphrey Krautfleisch willfährigst ihrem Beispiel.

Drüben, so hört man, konnten die beiden dann ihre Missverständnisse klären – und führen nunmehr als „Die Krautfleischs selig“ eine geradezu ***vorbild***hafte, wenn auch nicht eben katholische Ehe.

DAS BEGRADIGTE GESCHÖPF

Ein begradigtes Geschöpf erkannte zu seinem Entsetzen, dass es sich ***schief*** entschieden ***wohler*** gefühlt hatte.

Doch nun war es eben leider bereits zu spät – und so schritt es geradewegs in den Freitod.

DAS ZEITLOSE GESCHÖPF

Ein zeitloses Geschöpf versäumte ein Rendezvous nach dem anderen.

„Spielt alles keine Rolle, immerhin bin ich zeitlos!“, tröstete es sich – und heiratete sich schließlich selbst.

DIE LEICHE UND DER SCHWEINEHIRT

„Soll ich etwa auf Sie auch noch achtgeben?" Mit ungläubigem Staunen registrierte Signor Elidoro Hirnschmalz, Schweinehirt in den Abruzzen, dass sich inmitten seiner Herde die vormalige Miss Xandra Stolpergack voller Inbrunst suhlte.

„Nicht weiter notwendig", beruhigte sie ihn, „Hatte bloß mal wieder unbändig Lust, mich ein wenig unter Schweinen aufzuhalten. Seit ich nicht mehr auf der Erde weile, vermisse ich das geradezu manchmal!"

Mögen ihr die tierischen Genossen großzügigst vergeben, dass trotz allem natürlich gar nicht ***sie*** gemeint waren ...

DER PAPST ALS SAMMELKLO

Als Abladezentrale für den Unrat der Menschheit in Gestalt derer Missetaten und Sünden, die ihm regelmäßig mit großem Eifer von den Kardinälen enthüllt wurden, eine Art „Sammelklo" also, betrachtete etwas sauertöpfisch Papst Heldenhirn der Kühne sich und sein Amt.

Und dem ist bis heute von ***keiner*** Seite widersprochen worden.

DIE RUHE DES MARQUIS ROSENHUT

Marquis Sanftmut Rosenhut lebte ruhig und beschaulich dahin, bis er eines friedlichen Tages verschieden war.

„Und nun kann ich mir in aller ***Ruhe*** überlegen, was ich als Nächstes tun werde!“, freute er sich voller Besonnenheit und Zuversicht.

DAS VERUNZIERTE GESCHÖPF

Einem verunzierten Geschöpf wurde auf Grund seines Zustandes der Besuch einer festlichen Theatergala untersagt.

Erst als es sich mit beschwörender Miene als Sohn Gottes ausgab, ließ man es widerwillig – und mit Vorbehalt – doch lieber teilnehmen.

Und dabei war es lediglich der ***Papst*** gewesen – den die systematische Ausübung seines hohen Amtes bis zur Unkenntlichkeit verunziert und verunstaltet hatte!

DAS RIGOROSE GESCHÖPF

Ein rigoroses Geschöpf setzte sich dem Papste, ***ohne*** Unterwäsche, auf den Kopf – und blieb sich ***dennoch*** selber treu.

Wenn das nicht rigoros ist!

DIE HAMMERFEE

Eine Fee rauschte im Ballkleid von Tanzfest zu Tanzfest und schlug den Teilnehmern „sanft" mit einem Hammer auf den Kopf.

Anschließend stellte sie sich der Presse und gab zu Protokoll, ihre Absicht wäre gewesen, das hartnäckige Vorurteil zu widerlegen, wonach nur jemand, der mit einem ***Hammer*** umzugehen weiß, in wirklich ***jedem*** Falle gut und nützlich sei.

Dann dankte sie noch herzlich den „Beklopften" für ihr Entgegenkommen und Verständnis und verflüchtigte sich rasch wieder.

Den Hammer ließ sie als Beweisstück zurück.

DIE LEICHE UND DIE BANDNUDEL

Die frühere Miss Camilla Rothengst hatte erhebliche Schwierigkeiten, eine alte Bandnudel zu zerkauen. „Verflixtes Ding!“, fluchte sie, „Du kannst mir ohnehin gestohlen bleiben!“

Und sie spie sie wieder aus und entschloss sich mit dem allergrößten Vergnügen, ihrer Gesundheit zuliebe einen weiteren Fasttag einzuschieben.

DIE LEICHE UND DER EISVERKÄUFER

Um sich ein wenig aufzufrischen, bat die selige Baronesse Laura Salzkropf einen Eisverkäufer um eine Gratisportion.

„Kommt nicht in die Tüte. Umsonst ist bei mir nur der Tod!", wehrte er entschieden ab. „***Ich verlange*** aber einiges – um Sie ***nicht*** mit ihm zu infizieren!" Frivol-kokett klappte sie weit ihr brüchiges Maul auf, während sie sich ihm bedrohlich näherte.

Da schob er ihr mit Schaudern den ganzen Wagen entgegen, bat vielmals um Vergebung und eilte in solcher Hast davon, dass er um ein Haar ***selbsttätig*** „hinübergestolpert" wäre.

DAS ERSCHÖPFTE GESCHÖPF

Ein erschöpftes Geschöpf läutete bei Dompfarrer Florestano Hintermuck und bat ihn mit ersterbender Kraft um die Letzte Ölung. Doch ehe er nur einen Schritt getan hatte, war es auch schon verschieden.

„Manchmal, o Herr, ist es wirklich recht erschöpfend mit dir!", seufzte er – holte seine Pfeife und stärkte sich bei einem Glase Rotwein, damit er nicht gleichfalls an Erschöpfung stürbe.

DAS ERSCHÖPFENDE GESCHÖPF

Ein erschöpfendes Geschöpf las mit enervierend monotoner Stimme den Mitreisenden in einem Zug erbarmungslos die Bibel vor. Da kein anderes Abteil frei und die Gänge verstopft waren, und sie trotz äußerster Erschöpfung auch nicht einzuschlafen vermochten, waren die Beklagenswerten ihm zuzuhören verdammt – bis sie einfach nicht mehr konnten und aus schierer Verzweiflung der Reihe nach aus dem Fenster sprangen.

Nun erst legte das Geschöpf die Heilige Schrift beiseite, strich frohgemut seinen Talar zurecht, dankte innig dem Herrn, bekreuzigte sich – und genoss die Ruhe und den Frieden im Coupé.

DIE PRIVATE LEICHE

Baron Dagobert Schleichmeyer tritt nur ***privat*** als Leiche in Erscheinung; weiß er doch, dass er in diesem Zustande auf nur wenig Gegenliebe in der Öffentlichkeit zählen darf.

Dort verhält er sich daher als völlig „normaler" Erdenbürger, der auch mal hin und wieder bedenkenlos einen Polizisten von hinten an den Haaren zupft oder Politikern heimlich einen Klaps auf den Po gibt, wenn sie sich ***zu*** sehr in der Allgemeinheit sonnen.

Und nachdem er Privates und Öffentliches so gut zu trennen versteht, überrascht es auch nicht weiter, dass es in seiner beruflichen Karriere als Geheimagent immer nur steil ***aufwärts*** geht.

Sollte er aber dennoch irgendwann durch Enttarnung „abstürzen" – will er sich einfach ***ganz*** ins „Privatleben" zurückziehen ...

DER GEFÄHRLICHE SPAZIERGANG

Jahrelang spazierte Graf Fridolin Sarggurk am Rande des Wahnsinns entlang – weil es ihm dort so unheimlich gut gefiel.

Und als er dann doch die Klippe hinabgestürzt war, jubelte er außer sich vor Freude: „Jetzt ***endlich*** weiß ich, was es heißt, ‚***normal***‘ zu sein!“

DAS SALONFÄHIGE GESCHÖPF

Ein Geschöpf galt in der ganzen Welt als durchaus ***salonfähig*** – obwohl ihm höchst befremdliche Manieren eigneten, es leidenschaftlich gerne heuchelte und log, an notorischer Selbstüberschätzung sowie ***besonders*** abstoßendem, geradezu ***blasphemischem*** Größenwahn litt, und bei alledem nicht einmal stubenrein war.

Aber – es war eben ***Papst***!

I want morebooks!

Buy your books fast and straightforward online - at one of world's fastest growing online book stores! Environmentally sound due to Print-on-Demand technologies.

Buy your books online at
www.morebooks.shop

Kaufen Sie Ihre Bücher schnell und unkompliziert online – auf einer der am schnellsten wachsenden Buchhandelsplattformen weltweit! Dank Print-On-Demand umwelt- und ressourcenschonend produzi ert.

Bücher schneller online kaufen
www.morebooks.shop

KS OmniScriptum Publishing
Brivibas gatve 197
LV-1039 Riga, Latvia
Telefax: +371 686 204 55

info@omniscriptum.com
www.omniscriptum.com

Printed by Books on Demand GmbH, Norderstedt / Germany